W9-CPL-768

Título original: *Die Geschichte vom Guten Fridolin*

Traducción del alemán: *Miguel Presa Pereira*

SEGUNDA EDICIÓN

EDITORIAL EVEREST, S. A.
Carretera León-La Coruña, Km 5 - LEÓN
ISBN: 84-241-5786-9
Depósito legal: LE. 185-1999
Printed in Spain - Impreso en España

EDITORIAL EVERGRÁFICAS, S.A.
Carretera León-La Coruña, Km. 5
LEÓN (España)

George Sand

La historia del buen Simplón

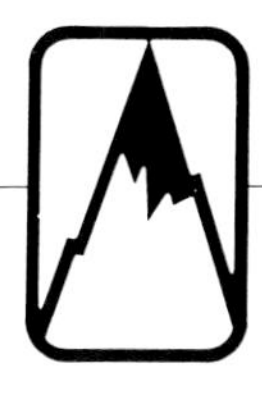

EDITORIAL EVEREST, S. A.

MADRID • LEON • BARCELONA • SEVILLA • GRANADA • VALENCIA
ZARAGOZA • LAS PALMAS DE GRAN CANARIA • LA CORUÑA
PALMA DE MALLORCA • ALICANTE – MEXICO • BUENOS AIRES

Editorial
Everest

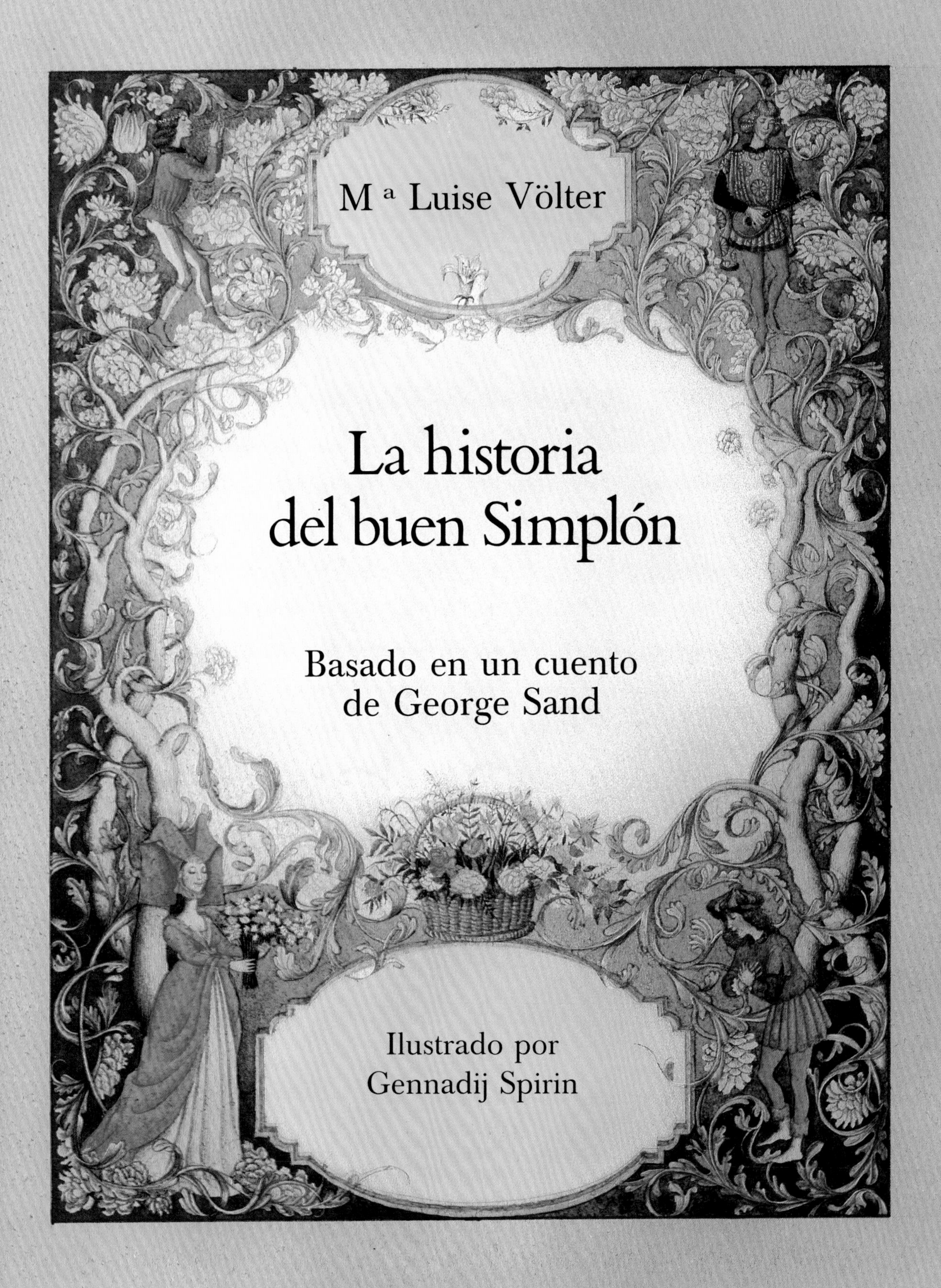

M ª Luise Völter

La historia del buen Simplón

Basado en un cuento de George Sand

Ilustrado por Gennadij Spirin

George Sand

1804 - 1876

George es nombre de varón, pero George Sand fue una mujer. En realidad se llamaba Armandine Lucie Aurore Dupin y nació el 1 de julio de 1804, en París. Sus padres murieron pronto; por esta razón, la pequeña Aurore fue a vivir a un palacio, en el campo, con su abuela, dama elegante y cultivada.

Allí, en Nohant, pasó Aurore una niñez despreocupada, entregándose a sueños y fantasías cuando su abuela le contaba, en las largas noches, historias y cuentos de hadas.

Cuando tenía diecisiete años, murió su abuela, quedando la joven como dueña absoluta del palacio de Nohant. Poco después se casó, convirtiéndose en la baronesa Dudevant. Tuvo dos hijos, pero el matrimonio con el barón no fue feliz. Aurore abandonó a su marido y se trasladó con sus hijos a París. Allí se hizo escritora. Pronto sus costumbres fueron la comidilla de la alta sociedad parisiense. Se comentaba que llevaba una vida desordenada y escandalizaba su forma de vestir: a menudo llevaba ropa de hombre, fumaba puros y pipas, y en sus escritos utilizaba un nombre de varón: George Sand.

Tenía amigos y conocidos famosos: músicos, poetas, filósofos. Vivió algunos años con el compositor Frédéric Chopin, a quien acompañó a Mallorca un invierno cuando éste fue allí a reponerse.

George Sand fue sin duda una activa escritora que reflexionó mucho sobre la vida. En sus primeras novelas escribió sobre sus propias experiencias y las personas que conoció. Más tarde tuvo inquietudes políticas y se interesó por los pobres. Cuando estalló una revolución en París, se retiró a su palacio de Nohant. Allí vivió muchos años y fue querida por sus vecinos, que la llamaban «la buena mujer de Nohant». Escribió historias de la región, parecidas a las que le había contado su abuela. Una de ellas fue la *Histoire du véritable Gribouille,* que traducimos aquí como: *La historia del buen Simplón.*

Primera Parte

«Cómo el buen Simplón
fue a ver al extravagante señor Abejorro
y por qué no quiso
quedarse con él.»

Érase una vez un padre y una madre que tenían siete hijos.

El más pequeño era un niño y le llamaron «el buen Simplón».

El padre era guarda forestal del rey y ganaba un buen sueldo. Tenía una hermosa casita con un pequeño jardín en un claro del bosque por el que corría un alegre arroyuelo. Como guarda forestal que era, tenía derecho a cazar, pescar, cortar madera y cultivar un lote de tierra; pero además recibía dinero para que se ocupara de la caza y de la faisanería.

Sin embargo era un hombre malvado, que no se contentaba con nada y que no pensaba más que en ocultar cosas y en robar.

Vendía la caza, que no le pertenecía, a los forasteros que pasaban por allí, a un precio muy alto. Denunciaba por robo a gentes que habían cortado un par de ramas secas; pero a los que le sobornaban les permitía cazar por el bosque a sus anchas.

La mujer no era mucho mejor que su marido. Le encantaba engañar a la gente. A veces ocurría que su marido también perdía dinero con sus canalladas. Entonces le echaba un buen sermón.

Los padres estaban muy contentos con sus seis hijos mayores. Les habían educado para convertirse en pícaros, y lo consiguieron. Tan pronto como comenzaban a andar y a hablar, ya sabían sisar y mentir; y sus padres lo encontraban divertido.

Sin embargo, el buen Simplón era muy distinto. Sus padres le llamaban «el bueno», no para alabarle, sino para burlarse de él, puesto que para los padres ser bueno significaba ser tonto. El buen Simplón tenía un corazón puro y bondadoso: a nadie hacía daño y a nadie robaba. Por el contrario, regalaba sus mejores juguetes a niños desconocidos, simplemente porque eso le hacía feliz. Si un mendigo le pedía pan, entonces partía un trozo del suyo. Era pequeño, delicado, guapo y se sentía satisfecho de sí mismo. No paraba de hacer pequeños descubrimientos. Si tenía sed en vera-

no, no bebía zumos dulces, sino agua fresca, porque notaba que quitaba mucho mejor la sed. En el invierno se frotaba con nieve manos y pies para no tener sabañones. Había aprendido a conocer la hora del día por la altura del sol y sabía mucho sobre el poder curativo de las hierbas que crecían en el bosque. Si tenía miedo, no lloraba, sino que empezaba a cantar.

Pero sus hermanos y hermanas se burlaban de él, su madre le pegaba y su padre le rechazaba siempre que se acercaba a él.

—Vete al diablo —gritaba al chico—. No vales para nada.

Esto preocupaba mucho al buen Simplón. Por eso, a menudo, iba solo, llorando, y pedía a Dios que sus padres le quisieran como a los demás hijos.

En la espesura del bosque había un sitio secreto que solamente conocía Simplón. Allí se alzaba un viejo y nudoso roble. Estaba rodeado por una hierba brillante y por el musgo más fresco que se pueda uno imaginar. De las hierbas salía una fragancia aromática. Tenían pequeños capullos de colores que transformaban la pradera en una alfombra multicolor. En el suelo había un manantial que se convertía en alegre arroyuelo y se perdía, más tarde, por entre las piedras. Ese roble tenía, como ningún otro, unos frutos comestibles, blandos y de sabor dulce. Eso sólo lo sabía el buen Simplón.

Un día fue hasta su roble para consolarse, pues en casa lo había pasado muy mal, como tantas otras veces.

De repente sintió un doloroso pinchazo en el dorso de su mano y vio un gran abejorro sentado allí, tranquilamente.

—¿Por qué me picas? ¡No te he hecho nada! —y añadió—: pero, ¡cómo vais a ser los animales mejores que los hombres! No tengas miedo; no te mataré sólo porque pensaste que era tu enemigo. ¡Huye, abejorro, sé feliz y disfruta de la vida!

El abejorro no se lo pensó dos veces. Extendió sus alas y desapareció con un zumbido por entre el espeso follaje del viejo roble. En aquel momento se acordó Simplón de que los abejorros no tienen aguijón. ¿Qué clase de abejorro había sido aquél?

Se puso un par de hojas sobre el picotazo y cayó dormido. Entonces tuvo un sueño extraño. De las profundidades de la Tierra oyó una música sorda; era como si cantara un gran coro.

Zumbad, abejorros,
y abejas;
vientos, silbad;
aguas, bramad:
el rey de los abejorros,
el grande, cerca está.

Entonces fue como si la pradera respondiera con voz temblorosa:

Flores, temed;
hierbecillas, llorad;
corazones, latid;
lágrimas, derramad:
el rey de los abejorros,
el malvado, ¡aquí está!

Y se levantó una tormenta; el enorme tronco del roble empezó a temblar de arriba a abajo; sus ramas se agitaban y bramaban al viento. Poco después amainó y el buen Simplón vio ante sí un hombre gordo, vestido con ropas negras y anticuadas que, con cascada voz, le decía:

—Acabas de demostrar que eres de buen corazón y compasivo. Por eso, te concederé un deseo.

—Sólo tengo uno —dijo el buen Simplón—: que mis padres por fin me quieran.

Eso no lo podía entender el hombre de negro.

—Chico —dijo—, aunque soy un gran mago y tengo muchísimos tesoros, no puedo satisfacer tu deseo. Lo mejor es que no te preocupes de si tus padres te quieren o no.

Después de hacer una pausa, continuó:

—Eres demasiado bondadoso para este mundo malvado. Te enseñaré a ser listo, astuto y a preocuparte sólo de tu provecho.

Simplón estaba asustadísimo. Lo que decía ese extraño le resultaba repugnante.

—No —respondió—. Prefiero intentar ser una buena persona, en lugar de astuto y listo. Jamás desearé perjudicar a nadie y eso haría si le engañara, ¿verdad?

Entonces los ojos del hombre se agrandaron, rojos de cólera. Con un odio profundo en su voz, gritó:

—No se puede ayudar a quien no acepta consejos. Espero que un día me pidas algo razonable. ¡Ahora no tengo tiempo, chico testarudo! ¡Adiós!

El hombre de negro se dio la vuelta; su vestido de seda se hizo grande y azul y, con el sol, adquirió un maravilloso brillo violeta. Se le erizó la barba, sus faldones se convirtieron en alas y, dando un torvo rugido, más terrible que el de un león, se elevó sobre la tierra y desapareció por entre las ramas del roble, como antes había hecho el abejorro.

El buen Simplón despertó y tardó en saber dónde se encontraba. ¡Gracias a Dios, sólo había sido un sueño! Se asustó al ver que el sol ya había bajado y echó a correr a casa lo más rápido que pudo. Su madre ya le estaba esperando.

—¿Por dónde andabas? Sólo puede ser tan tonto nuestro buen Simplón: ¡vagabundeando por el bosque mientras pierde la mejor oportunidad de su vida!

Su madre le contó que el señor Abejorro, famoso por sus grandes riquezas, había ido a verles y había comido un tarro entero de miel de su cosecha. Había preguntado por el hijo más pequeño. Se entusiasmó al saber que le llamaban el «buen Simplón», y dijo que éste debía ponerse en camino rápidamente para visitarle; que no se arrepentiría.

«Eso significa que no he soñado debajo del roble», pensó Simplón, pero no dijo ni pío.

La madre continuó hablando:

—Seguramente te hará un gran regalo; trae a casa todo lo que te dé y, ¡pobre de ti si te atreves a quedarte con algo!

—Pero, madre —respondió Simplón—, sabes muy bien que, antes de quedarme con algo, me moriría.

—Es verdad —dijo la madre—, olvidé totalmente que hasta para robar eres tonto.

Y diciendo esto, le echó fuera.

Allí se quedó el chico, hambriento y cansado, en la calle; y como no sabía qué hacer, echó a andar por el campo. Finalmente, llegó a una higuera, pero no tenía higos ya que era demasiado pronto. Se sentó y empezó a sentirse débil y desgraciado. Entonces oyó el zumbido de un enjambre de abejas y pensó: «Donde hay abejas, no está la miel lejos».

Y efectivamente, en la cavidad descubrió panales chorreantes de dulce miel. Probó un poco y pronto se sintió mejor. Pero, cuando se disponía a emprender camino para buscar el palacio del señor Abejorro, sonó de repente una enfurecida voz desde el árbol:

—¡Agarrad al ladrón! ¡Seguidme, hijas mías, mis siervas, seguidme para pillar al ladrón que ha robado nuestros tesoros!

Al buen Simplón casi se le paró el corazón.

—¡Oh, por favor, abejas, perdonadme! Estaba muerto de hambre y, como sois tan ricas, pensé que no os perjudicaría demasiado

si comía un poco de vuestra miel. Tiene tan buen sabor, huele tan bien y tiene un color tan dorado, que llegué a pensar que era oro puro lo que había encontrado. Pero, gracias a Dios, no era oro sino miel, y realmente la necesitaba.

La reina de las abejas se compadeció y le dejó continuar.

Después de un rato, la curiosidad picó al buen Simplón y se dio la vuelta. Ante él apareció un magnífico espectáculo: la higuera, con el panal de miel, estaba rodeada por una neblina a la que bañaba en oro el sol poniente.

Dentro de ella vio bailar y volar en todas direcciones a innumerables seres transparentes. Eran mujeres y chicas, vestidas con magníficos trajes de oro, que se perseguían y agarraban de la mano, volando en alegre danza alrededor de la copa del árbol, ligeras como plumas. Ese zumbido producía una música festiva y el buen Simplón no dejaba de mirar. Por último, se fue ocultando el sol tras los árboles y ya no vio más. Entonces comenzó de nuevo a buscar la casa del señor Abejorro.

Estuvo caminando mucho tiempo y pronto ya no supo dónde estaba. Cada vez se sentía más cansado, tropezaba, se ponía otra vez en pie... Hasta que, por fin, vio brillar a través de los árboles unas murallas bañadas por la luz de la luna. Se acercó y sus ojos se le llenaron de lágrimas cuando, de repente, apareció ante él un gran palacio. Como rocas, salían del suelo murallas, torres y columnas. Allá arriba había ventanas ojivales y Simplón tuvo que echar la cabeza hacia atrás para ver el tejado. No, no era un tejado, sino miles de tejaditos, torrecitas, frontispicios y almenas. Con el reflejo de la luna, brillaba en cada extremo un lirio dorado.

«Debe de ser el palacio del rey», pensó Simplón.

Rodeó el edificio y pudo comprobar que por todos los lados era igual de magnífico y espectral. Descubrió un alto puente en forma de arco que conducía a la enorme puerta del palacio. Cruzó temeroso, se dio ánimos y llamó a la puerta. El guardián dijo:

—Si eres el buen Simplón, entra y acomódate. Te esperábamos.

Le dieron de comer y se asombró de que no hubiera más que platos con dulce miel. Habría preferido un trozo de pan y una buena sopa, pero no se atrevió a pedirlo. Después le enseñaron su cama. Le hubiera gustado dormir, pero había un ruido que se lo impedía. Oía los contrabajos de una música de baile y, desde la cocina, le llegaba el traqueteo de cazuelas.

Entonces se levantó y fue a dar una vuelta por el palacio. Primero llegó a una alta sala de columnas. Se estaba celebrando un gran baile. Simplón vio a nobles caballeros, vestidos con túnicas de seda negra y galones de oro, acompañando a las damas en el baile. Éstas llevaban amplios vestidos de brocado de seda, bordados en rojo, amarillo y verde. ¡Era una delicia!

Los caballeros más ancianos estaban sentados a una mesa larga sobre la que había espléndidos manjares. Desde una balaustrada, los músicos tocaban sus trombones y trompetas. Simplón se quedó mirando durante mucho tiempo. Le gustaba la fiesta: la gente disfrutaba de todo lo que se puede uno imaginar. Pero parecía que no se divertían. Los bailadores se movían muy serios y formales, mirando a su alrededor con altanería. No hablaban unos con otros y nadie se reía. Sólo un caballero que no bailaba se reía, burlón, de una dama gorda. Nadie notó la presencia de Simplón que, de pronto, se sintió muy solo.

—Iré a la cocina, quizá allí estén de mejor humor —decidió.

Llegó a tiempo de ver cómo el cocinero pegaba una bofetada al pinche de cocina y un criado robaba media docena de cucharas de plata. Allí estaba sentado el jefe de cocina, contando y anotando largas columnas de vajilla, borrando y volviendo a contar. También allí tenían los nervios crispados. Siguió andando y llegó a un salón donde hombres vestidos de negro y damas emperifolladas, con caras adustas, estaban sentados a una mesa verde, jugándose pepitas de oro. Ninguno miraba a los demás. Todos se fijaban en

los dados o en la bola. Simplón huyó rápidamente a otra sala. Allí había gente que tragaba con avidez los más delicados manjares, sin comportarse en realidad como gente noble. Un caballero muy fino echó una mirada a su alrededor para que nadie le viera y se metió en el bolsillo del chaleco una docena de gordos puros.

El buen Simplón dejó correr las cosas. Observó que todos se daban empujones y golpes, pero que nadie se disculpaba. Volvió a la sala de baile. Pero allí todo había cambiado. Los hombres hablaban en voz alta y gritaban, y los que habían bebido vino, berreaban canciones imbéciles, por lo que ya no se podía escuchar la música, y los bailadores no llevaban el ritmo.

«A primera vista parece como si fuera una reunión de hombres buenos y felices, pero sólo veo caras tristes. Si alguien ríe, lo hace maliciosamente», pensó el chico.

Por fin se hizo de día. La fiesta había acabado. Al chico le pareció como si la gente saliera volando por las ventanas como abejorros. Se restregó los ojos y ya no supo si estaba despierto o soñaba. Entonces caminó hacia el parque para poder dormir con tranquilidad bajo un árbol grande.

Cuando se despertó, reconfortado, vio ante sí a un hombre con una túnica azul y negra que adquiría un brillo violeta al sol: era el mismo que se le había aparecido debajo del roble.

—Simplón, me alegro de verte —dijo el hombre con la voz ronca que ya conocía.

—Sí —dijo Simplón—, llegué ayer por la noche. Desgraciadamente no pude saludarle.

—Lo que pasa es que fui a dormir, ¿sabes? Sólo doy estas fiestas para demostrar que me lo puedo permitir. Los invitados me dan igual. Pero, ahora, hablemos de ti. Me alegra que estés aquí. Tengo la intención de hacer mucho por ti.

—¿Porque le gusta mi nombre? Todos me llaman el buen Simplón —dijo el chico.

—Sí, Simplón, pues quiere decir que tienes un carácter demasiado bondadoso y pacífico. Pero eso no basta para vivir en este mundo. Querías que tus padres te amaran, ¿verdad?

—Sólo eso —afirmó Simplón.

El hombre respondió:

—A tus padres les gustaría que te hicieras un chico astuto y listo, ¿sabes? Así que te haré astuto y listo.

Simplón se asustó, pero esta vez no se atrevió a replicar.

—¿Y qué debo hacer para ser así?

—Está claro: debes aprender. Lo que sabes hasta ahora no sirve de mucho. Yo te lo enseñaré: magia, nigromancia y, sobre todo, la auténtica aritmética y las leyes de la Naturaleza.

—Me temo que seré demasiado tonto para cosas tan difíciles —replicó el buen Simplón.

—¡Oh, no, en absoluto! Lo mejor sería que te quedaras conmigo en el palacio. Te adoptaré y podrás tener parte en mi riqueza mientras vivas.

—Es usted muy bueno, señor —respondió el buen Simplón—, pero tengo padres y me gustaría regresar con ellos. Cuando se enteren de la oferta que rechacé por ellos, me recibirán con los brazos abiertos y por fin me querrán.

—Como quieras —dijo el señor Abejorro—. No me gusta obligar a nadie. Si un día cambias de opinión, puedes volver. Serás bienvenido —y dicho esto, desapareció tras unos rosales.

El buen Simplón se empezó a imaginar, lleno de alegría, cómo le abrazarían sus padres por haber preferido ser su hijo y no el del rico Abejorro. Pero, ¡qué iluso! Cuando regresó a casa con las manos vacías, hubo palos e insultos y se convirtió en el objeto de burla de toda la familia por ser tan tonto.

Finalmente, pidió a sus padres que le perdonaran y prometió hacer todo lo que quisieran.

Entonces ellos pusieron a su díscolo hijo unas ropas completamente hechas jirones, unos bastos zapatos de madera y, durante un par de días, no le permitieron lavarse ni peinarse.

Así le enviaron a ver a su rico protector con el fin de que mendigara dinero para ellos. El buen Simplón casi se muere de vergüenza, pero no tuvo más remedio que obedecer y salió corriendo hacia el palacio.

El señor Abejorro le recibió amablemente. Con voz atropellada, pidió Simplón una limosna para su pobre familia.

—No está mal como comienzo —dijo el hombre—, parece que aprendes poco a poco de qué va esto. Pero tú a mí no me engañas. Ahora ponte ropas normales, lávate y veremos.

Llamó a una criada para que fuera con Simplón al gardarropa a buscarle nuevos vestidos y luego le llevó a una torre a la que subieron por escaleras de caracol.

Por fin, llegaron a una puerta revestida de hierro. El viejo sacó con dificultad una llave de su bolsillo y la metió en la cerradura. La puerta se abrió rechinando y el señor Abejorro levantó el farol.

—¡Ah! ¡Oh! —Simplón se quedó atónito. Estaba en una cámara de tesoros de inimaginable belleza.

¡Brillos, resplandores de plata, oro y piedras preciosas! Sobre terciopelo rojo, había jarras y bandejas, cinceladas con delicadeza, llenas de cordones de perlas y de diademas. Los rubíes centelleaban rojos, los zafiros, azules, y entre ambos los ópalos resplandecían blancos y siniestros. El suelo estaba tan sembrado de ducados que no se podía evitar pisarlos. Toda la sala estaba guarnecida con preciosas telas bordadas en oro y, delante de las paredes, había armaduras viejísimas, de color mate brillante, como si quisieran vigilar todos los tesoros.

—¡Toma lo que quieras! —dijo el señor Abejorro. Después añadió burlón:

—¡Para que tus padres no se mueran de hambre!

Simplón hizo lo que le habían mandado. Pero en sus bolsos sólo metió monedas de oro, despreciando las piedras preciosas. Estas joyas le habían gustado mucho, pero pensó:

«Seguro que a mi padre no le agradará que le lleve estos cristales de colores. Únicamente habla de ducados de oro».

El buen chico no sospechaba que las piedras eran todavía más valiosas que todas las monedas. Entonces, obediente, dio las gracias al señor Abejorro. Le habría gustado decir «majestad», pues, en realidad sólo un rey podía ser tan rico.

El camino de regreso parecía no acabar nunca, por lo mucho que pesaba la carga de oro. Entonces se tomó un descanso junto a su viejo roble. Comió bellotas, dulces y blancas, y un agradable cansancio se apoderó de él.

Entretanto, sus hermanos y hermanas habían ido a su encuentro para robarle. Cuando le vieron bajo las ramas del árbol, se lanzaron sobre él, le sujetaron y gritaron:

—¡Danos el oro!

El buen Simplón les suplicó:

—Dejadme llevar el oro a casa para que nuestro padre vea que hice todo lo que él me mandó. Después podrá ser todo vuestro.

Pero sus hermanos no le escucharon, sino que le vaciaron los bolsillos para llenar los suyos.

En aquel momento el roble comenzó a temblar, como si mil grandes contrabajos estuvieran dando un concierto, y un enorme enjambre de abejorros se lanzó contra los malvados hermanos, clavándoles los aguijones sin compasión.

Ellos soltaron su botín e, hinchados y medio ciegos, se dieron a la fuga. El buen Simplón recogió otra vez todas las monedas de oro y se encaminó a su casa, donde su padre le recibió por fin amablemente. Pero no tardó en llamarle cobarde:

—¿Por qué no has traído más? ¡Podrías haber venido con el doble!

Y empezó a contar las monedas de oro con evidente satisfacción. Pero ocurrió que, tan pronto como tocó la primera, se le derritió entre sus avarientas manos, convirtiéndose en una especie de miel barata.

—Ese señor Abejorro debe de ser un gran mago —dijo—. Pero si no sirve de nada mendigar, lo haremos de otra manera.

Después de mucho meditar, maquinó el siguiente plan: regalarían al señor Abejorro un tonel entero de la mejor miel, pues de todos era sabido que ésta era su debilidad.

¡Dicho y hecho! Cargaron un burro con un tonel de miel y enviaron a Simplón por tercera vez al palacio. Incluso su madre le abrazó al despedirle, cosa que le agradó especialmente.

Al pasar de nuevo por delante de la higuera, donde la última vez sació su hambre, salió de ella todo un enjambre de abejas grandes que se lanzaron sobre el burro. Entonces éste echó a correr, rebuznando como loco y de esta manera perdió el tonel. De repente, vio Simplón ante él dos hermosísimas jóvenes. La mayor llevaba un abrigo de brocado de oro, adornado con piel de armiño. A su lado estaba una encantadora princesa que se movía con mucha gracia.

La primera, que era la reina, empezó a hablar cariñosamente:

—Eres un loco; has merecido la muerte dos veces. La primera vez, perdonaste la vida a nuestro enemigo, el rey de los abejorros. La segunda, te has aliado con él. Pero mi hija, la Bondad, me pide que te perdone y piensa que también podrías sernos útil.

—Con mucho gusto estaré a vuestro servicio, hermosa reina. Decidme lo que debo hacer —respondió Simplón.

La reina contestó:

—Deja aquí ese miserable tonel de miel y lleva al rey de los abejorros el siguiente mensaje: «La reina de las abejas está cansada de combatir. Está dispuesta a reconocer la superioridad de los abejorros. Sabe muy bien que las abejas tenemos que compartir nuestras riquezas con esos ladrones, porque ellos son más fuertes. La reina de las abejas está dispuesta incluso a dar al rey de los abejorros su propia hija como esposa si deja en paz para siempre nuestros panales de miel».

Y diciendo esto desapareció. Allí sólo quedó un enjambre de abejas revoloteando por las ramas de la higuera.

Simplón hizo lo que la reina le ordenó. Fue a ver al rey de los abejorros, le contó lo que había sucedido al burro y a su tonel de miel y le comunicó el encargo de la reina de las abejas. El señor Abejorro se rió del mensaje y dijo que prefería hablar de él, del buen Simplón, y le propuso otra vez que fuera su hijo.

Simplón estuvo meditando durante mucho rato. No tenía sentido regresar otra vez a casa con las manos vacías. Era seguro que su padre le azotaría. Entonces, con dolor de su corazón, dijo que sí, que quería quedarse con el señor Abejorro. Pero en el fondo esperaba ansiosamente volver a ver a sus padres un día y que éstos le aceptaran.

El señor Abejorro le recibió amablemente. Le dio una habitación propia con una cama revestida de seda y puso tres pajes a su servicio. Un sastre le hizo ropas nuevas y el zapatero le fabricó elegantes botas. El peluquero le rizó y arregló los cabellos, quedando de tal manera que el mismo Simplón no era capaz de reconocerse.

Entonces el señor Abejorro mandó llamar a un maestro para que enseñara la aritmética al muchacho. Todo el día tenía que estar escribiendo números y haciendo cálculos y más cálculos.

Al buen Simplón le habría gustado querer al hombre que hacía tanto por él, pero no era capaz. El señor Abejorro llevaba vestidos caros, pero estaba muy sucio. Además, sólo comía miel y melaza, por lo que tenía los dientes negros. También hacía bromas que Simplón no entendía. Tiraba el dinero por la ventana, pero si alguien lo necesitaba realmente, nunca se lo daba. Sobre todo, ja-

más tenía tiempo y se daba muchísima importancia. De vez en cuando daba a su hijo adoptivo una palmadita en el hombro y decía:

—¡Aplícate! Cuando lo aprendas todo te daré a conocer los grandes secretos de las leyes naturales.

Y en seguida desaparecía.

La gente pensaba que el buen Simplón vivía como si estuviera en el paraíso. Pero no era así. La riqueza le daba igual y esa forma de hacer cálculos no le divertía. Le obligaban a hacer chanchullos con los números hasta que nadie notara el engaño.

—Hay tantas cosas que aprender en el mundo. ¿Por qué tengo que estar todo el tiempo haciendo cálculos raros? —se preguntaba a menudo. Pero no había nadie que pudiera responderle.

Echaba de menos a sus compañeros de juegos. Los tres pajes eran muy educados, pero sólo decían:

—¡A su servicio, joven señor! ¡Como guste, joven señor!

A veces, cuando creían que nadie los veía, hacían tonterías y daban patadas a las latas para que metieran ruido por los pasillos, pero, cuando llegaba el buen Simplón, se ponían otra vez rígidos y ceremoniosos, cuando hacían una reverencia, preguntando:

—¿Qué se le ofrece al señor?

Entonces Simplón marchaba a su habitación, se tumbaba aburrido en la cama y contaba las florecillas del tapiz de seda.

Un día los heraldos anunciaron una visita importante. La reina de las abejas tuvo a bien presentar a su hija al señor Abejorro. Toda la corte estaba reunida y los músicos hicieron sonar sus instrumentos cuando las dos mujeres entraron a caballo en el patio, acompañadas por un gran séquito.

Hubo negociaciones a puerta cerrada y se fijó la boda, la cual se celebró con toda grandeza y esplendor.

La joven esposa del señor Abejorro era hermosa y llena de gracia y trataba muy bien a Simplón. Éste no tenía motivos de queja. Sin embargo, cuando le besó creyó percibir algo así como el aguijón de una abeja. También le parecía que su amabilidad era tan ficticia como una máscara. Al igual que su marido, ella tenía una extraña predilección por el dulce y hasta ordenó que cada día le sirvieran miel turca y azúcar. Su tema preferido durante las comidas era la forma mejor para ganar dinero y hacerse rica. Hacía trabajar a las personas sin descanso. Se construyeron puertos y ciudades. Los obreros trabajaban a destajo, especialmente tejedores y orfebres, para hacer túnicas y joyas para los invitados de la casa.

El señor Abejorro y su esposa pensaban que, cuando vinieran extranjeros, podrían ver un país especialmente rico y feliz. Pero no era así. Los dos eran avariciosos y, al verlos, los hombres querían ser como ellos. De esta manera, los ricos se hicieron más ricos y los pobres, más pobres. Y después, los ricos se hicieron crueles y los pobres, malos.

Las cárceles estaban repletas de ladrones, pues nadie respetaba la propiedad del otro y todos robaban lo que podían.

Había muchos asesinos, porque los hombres, enfurecidos, echaban mano de las armas, en lugar de dialogar unos con otros sobre sus diferencias. Pero lo peor era que padres e hijos ya no se amaban. Los padres querían que los hijos crecieran pronto para ganar dinero y los hijos no soportaban tener que esperar a que los padres murieran para heredar.

El buen Simplón se dio cuenta de que el señor Abejorro y su mujer no se querían. Se habían casado por dinero. La señora estaba orgullosa de su origen nobiliario y reprochaba a su marido su procedencia de una familia humilde, según se notaba en sus modales. Por su parte, él no se quedaba atrás y la llamaba pavitonta y avara. Y, como los señores marcaban la pauta ante los demás, éstos también se hicieron malos.

Las mujeres ponían de vuelta y media a los esposos y únicamente pensaban en comprar cosas caras para lucir en las fiestas

del palacio. Los maridos despreciaban a sus mujeres y estaban continuamente fuera de casa, al parecer trabajando, pero, en realidad, derrochando y malgastando el dinero.

Así fue pasando el tiempo. El buen Simplón tenía entonces quince años. Un día le mandó llamar el señor Abejorro. Parecía que por una vez tenía tiempo de recibirle.

—Querido hijo —dijo—, hoy es un día muy importante para ti. Voy a enseñarte una fundamental ley de la Naturaleza. Después te introduciré en el arte de la magia. Ten en cuenta que un día puede que seas mi único heredero.

El señor Abejorro mandó buscar su coche, llevado por cuatro caballos, y se adentró en el bosque. Llegaron al roble de Simplón y se sentaron al pie del árbol. El señor Abejorro tomó una de aquellas maravillosas bellotas.

—¿Has probado alguna vez un fruto parecido? —preguntó.

—Claro —replicó Simplón—. Son las únicas que se pueden comer. Son blandas y tienen un sabor muy dulce.

—Sí, pero éstas son bellotas mágicas. Come una y aprenderás una importante ley natural.

Simplón obedeció, pues le gustaban mucho. Y fue como si se durmiera. Vio en sueños cómo el señor Abejorro golpeaba la corteza del árbol, el cual se abría, crujiendo. Dentro había una colmena con dorados panales y miles de abejas. Entonces se oyeron finas vocecitas que decían:

¡Unámonos,
ataquemos,
no cedamos,
venceremos!

Entonces el señor Abejorro hizo sonar su voz y, como obedeciendo una orden, el cielo se oscureció porque se acercaban

volando miles de abejorros que se iban lanzando sobre la colmena como un poderoso ejército. Las abejas repelieron el ataque y tuvo lugar una terrible batalla. Los animales caían unos sobre otros, se clavaban sus venenosos aguijones e intentaban arrancarse la cabeza. La miel se derramó fuera del panal y en ella se ahogaron muchas abejas y abejorros. Finalmente, vencieron los abejorros y la reina de las abejas tuvo que entregar al rey de los abejorros las llaves de su reino, colocadas sobre una bandeja de plata. Pero antes dijo a Simplón:

—¡Vamos, cobarde, come, bebe, hazte con el botín! ¡Aprovecha todo, tanto de los vivos como de los muertos!

El buen Simplón despertó dando un grito. Pero cuando abrió los ojos todo estaba en orden. El roble estaba entero y el señor Abejorro, sentado tranquilamente a su lado.

—¡Holgazán, te pasas durmiendo tu primera hora de clase!

—Perdón. No lo hice por divertirme. Tuve un sueño terrible.

—Bien —le tranquilizó—. ¿Y dónde habíamos quedado?

—Creo que dijo que debería sacar provecho de sus enseñanzas.

—Sí, hijo mío, en el sueño los insectos te enseñaron una regla importante: las abejas trabajan y bregan todo el día y acumulan tesoros. Avaras como son, los esconden en árboles huecos. Los abejorros, por el contrario, son perezosos. Ni siquiera saben cómo se hace la miel. Pero no te preocupes, ¡consiguen la que quieren! Desvalijan a las ricas abejas y, como ves, lo hacen muy bien. En este mundo no hay más alternativa que ser ladrón o, de lo contrario, te robarán. Hay que ser señor o si no, esclavo. Cada uno puede elegir. Pero creo que lo más seguro es dejar que los demás trabajen y después aprovecharse. Así deberías pensar tú. Entonces te podré convertir en un mago como yo.

—¿Qué debo hacer para ser mago? —preguntó Simplón.

—¡Prescindirás para siempre de la compasión y de la honradez!

—¿Juran eso todos los magos del mundo? —preguntó Simplón.

—Casi todos —respondió el señor Abejorro—, pero hay unos pocos que hacen lo contrario. Quieren servir, proteger y amar. Son tontos. Se llaman «espíritus buenos» y no tienen nada que comer. Tienen la cabeza tan vacía como su estómago.

En aquel momento se le cayó a Simplón la venda de los ojos. De repente supo de qué parte estaba y dijo con voz decidida:

—Señor Abejorro, no soy capaz de aprender sus lecciones ni de prestar ese juramento. Déjeme ir a ver a los «espíritus buenos».

El señor Abejorro se puso rojo de furia y su voz fallaba al decir:

—Mi querido amigo, no lo harás. Tengo mis razones para no permitir que te pongas del lado de mis enemigos. Te he enseñado durante mucho tiempo cómo debías ser. Si te atreves a huir, entonces mi aguijón te agujeará con mil picaduras.

Desplegó las alas, sus ojos empezaron a dar vueltas, como carbones encendidos, y se convirtió en un insecto gigantesco.

El buen Simplón echó a correr como jamás lo había hecho. A poca distancia oyó el zumbido del Abejorro y en ese momento pidió ayuda a los «espíritus buenos». Entonces vio a la libélula. Llegó volando de un campo de lirios, rodeada por un claro brillo.

—¡No temas; sigue corriendo, salta al arroyo y nada! —le gritó.

Y empezó a llover con fuerza, por lo que las alas del Abejorro se humedecieron y le pesaban tanto que apenas podía mantenerse en el aire. Simplón se lanzó al arroyo, se sumergió y cuando salió vio al señor Abejorro agitarse sobre la espalda y a mucha distancia de él. Ante sus ojos zumbaba la libélula azul sobre el agua, y le dijo:

—¡No tengas miedo y sígueme!

Segunda Parte

«De las aventuras del buen Simplón
en la isla del hada de las Praderas
y de por qué regresó
con los hombres.»

El buen Simplón nadó y nadó. El arroyo se convirtió en río y el río en corriente y, cuando estuvo cansado, sintió cómo le llevaba el agua sin que tuviera que mover los brazos ni las piernas. Finalmente, se quedó dormido y, al abrir de nuevo los ojos, vio que el agua le había arrastrado hasta alta mar.

«¿Qué clase de agua es ésta donde no me ahogo?», se preguntó.

Tenía miedo al verse tan solo en medio del mar. Entonces distinguió a lo lejos un águila que llevaba una ramita de roble.

«No puede estar muy lejos la tierra firme», pensó. Y vio que una isla se alzaba, allá a lo lejos, escarpada y rocosa, en medio del agua. El muchacho se dirigió hacia ella dando fuertes brazadas.

Trepó por las rocas con habilidad, asombrándose de lo fácil que le resultaba. De pronto se encontró en una hermosa pradera, llena de flores olorosas y suculentas hierbas que él conocía por el nombre desde su infancia.

Un maravilloso narciso blanco sacudió su campanita y gritó:

—¡Por fin has llegado, buen Simplón! ¡Te hemos esperado tanto tiempo!

Las margaritas se reían alegres y susurraban:

—Lo pasaremos muy bien si Simplón se queda con nosotras.

Una avena silvestre dijo:

—¡Creo que deberíamos dar una gran fiesta para celebrar la llegada de Simplón!

—Paciencia —dijo el narciso, que era un poco más serio que los otros—, debemos esperar hasta que llegue la reina de las hadas.

E invitó a Simplón a descansar un rato sobre la hierba, ofreciéndole un suave llantén. Simplón, adormilado, respiraba el fino aroma de las melisas, mientras los lirios le contaban una historieta y la siempreviva le tocaba una dulce melodía.

Finalmente, le despertaron unas voces. Las flores cantaban y bailaban a su alrededor, las tembladeras marcaban el ritmo con las

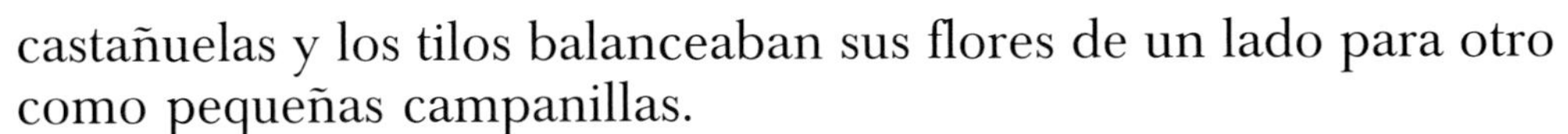

castañuelas y los tilos balanceaban sus flores de un lado para otro como pequeñas campanillas.

—Niños —dijo una voz aguda, con un tono maternal—, ¿no tenéis hoy una buena noticia para mí?

—¡Ha llegado el buen Simplón! —gritaron miles de voces.

Y, como si se hubiera descorrido una cortina, se disipó la niebla y apareció la reina de las hadas. Era el hada de los lirios, y saludó a Simplón inclinando la cabeza benévolamente.

—Levántate, niño bueno, levántate y saluda a tu madrina. Te conozco desde que naciste y siempre he deseado que vinieras.

Simplón besó la radiante mano del hada y ella le abrazó maternalmente. Entonces sonrió a las flores de las praderas y su sonrisa fue como el contacto de una varita mágica invisible que transformó a todas las flores y hierbas en ninfas y hadas.

¡Qué muchedumbre hubo de pronto en la pradera! Simplón no daba crédito a sus ojos. Allí había niños, hermosos como ángeles, que se agarraban y daban volteretas, encantadoras muchachas que se ponían flores unas a otras en el pelo; había jóvenes tocando instrumentos y bailando, mientras los más viejos contemplaban el hermoso espectáculo. La reina de las hadas agarró a Simplón de la mano y le presentó como un huésped al pueblo de las flores. Por todas partes fue recibido con gran cariño.

—¡Vete! Ahora eres libre para hacer lo que te guste. ¡Celebra la fiesta con nosotros y sé muy feliz! Disfruta cuanto puedas, ya que no te podrás quedar aquí demasiado tiempo, acaso sólo cien años. ¡Abre bien los ojos y aprende de nosotras!

—Reina buena, me gustaría aprender, pues comprendo que he perdido mucho tiempo. ¿Quién me enseñará?

El hada sonrió:

—Todas, Simplón, pueden hacerlo ya que saben tanto como yo, pues les di mi sabiduría hace más de mil años. Como «espíritus buenos», desean mostrate lo que siempre quisiste saber. Y piensa una cosa —continuó—: cuando haya pasado tu tiempo en el reino de las hadas, te llamaré y hablaré contigo sobre tu pasado y tu futuro.

—¡Madrina mía —la interrumpió Simplón, asustado—, no me abandonarás, ahora que por primera vez en mi vida siento lo que es tener una madre!

—No te preocupes —le tranquilizó—. Me quedaré entre vosotros y, si quieres, podrás venir a verme en cualquier momento.

Estas palabras consolaron a Simplón, el cual, dando un grito de alegría, desapareció por entre el gentío de la pradera. La fiesta se celebraba por todo lo alto y en ese momento estaban poniendo la mesa. Esto le alegró mucho porque hacía tiempo que no comía nada. Contemplando los manjares, sintió que su hambre aumentaba. Había una buena sopa y después un plato de cereales y nueces con especias frescas que jamás había probado. Para beber, había néctar de flores en vasos de campanillas y, de postre, frutas exóticas de todo tipo, que Simplón ni siquiera intentó comer de lo lleno que estaba.

Después empezó el baile. Por allí se colocaron los músicos. Tocaban chirimías, violines y laúdes con mucha habilidad. Pero, ante todo, las hierbas hacían con sus delicadas cuerdas una música celestial. El viento primaveral las levantó y entonces empezaron a tocar por el aire. Aquella melodía entusiasmó tanto a las ninfas y a las hadas que se agarraron de la mano para bailar en corro. Después formaron figuras difíciles, como por ejemplo, ochos y espirales que se deshacían de repente una y otra vez. A Simplón le llevaron dos pensamientos al medio del corro y él, que jamás había bailado, supo mover los pies correctamente y bailó como si siempre lo hubiera hecho.

Al cabo de un momento, una pareja se separó del resto. Eran el gran Jacinto y la Margarita que iban a bailar un solo.

El Jacinto lanzó al aire a la delicada chica, para recibirla otra vez con seguridad. Después, ambos empezaron a dar vueltas vertiginosamente en círculo, por lo que Simplón comenzó a marearse con sólo mirarlos.

Más tarde cayó una lluvia caliente que trajo consigo una nube de fragancia. Simplón se tumbó a descansar bajo una gran hoja de lechuga y, cuando dejó de llover, se encontró tan restablecido que apostó con las flores dientes de león sobre quién saltaría más allá de un caudaloso arroyo que corría por allí.

En aquel país de las hadas todos sabían que nunca les pasaría nada malo. Ni siquiera un accidente tenía graves consecuencias. Una vez unos chicos escalaron por las rocas para medir sus fuerzas. Entonces se desprendió una piedra de la pared y cayó sobre un grupo de hadas de más edad, que se hallaban tan concentradas en la conversación que habían olvidado el mundo en el que estaban. Algunas resultaron heridas y se quejaban lastimosamente. Pero en seguida llegaron las otras hadas para consolarlas, dirigieron la fuerza de sus buenos pensamientos y deseos hacia las accidentadas y, por último, la reina, con una sonrisa, les curó todas las heridas.

Un día Simplón conoció a una sanguisorba. Le gustaron mucho sus rizos y sus ojos negros y se hicieron amigos.

—Me llaman Pimpinela —dijo ella—, suena mejor.

Los dos se dispusieron a explorar la isla. Descubrieron una magnífica gruta, desde la que pudieron ver el oleaje del mar.

Luego, Pimpinela enseñó a su amigo toda clase de animales. Conocía a cuantos vivían en la húmeda oscuridad de las cuevas y también era capaz de hablar de igual a igual con los pájaros.

Otra vez se desató una terrible tormenta. Los relámpagos se lanzaban sobre la tierra como si fueran fuegos artificiales caídos del cielo. Retumbaban los truenos, pero, cuando todo hubo acabado, Simplón tuvo la sensación de haber estado sentado en un teatro viendo la obra más maravillosa.

La divertida Pimpinela enseñó a su nuevo amigo cómo podía deslizarse por el agua sobre un junco. Él lo aprendió en un santiamén y no se cansaba de que le subiera y bajara el agua. Más tarde pasaron por un estanque y Simplón descubrió cuál era la procedencia de los maravillosos platos en los que había comido. Eran las hojas lisas de los nenúfares, que allí crecían por millares. Los dos amigos buscaron una hoja especialmente grande para tumbarse al sol mecidos en el suave oleaje.

Mientras Simplón estaba allí echado vio a lo lejos un águila.

—Vigila nuestra isla con sus penetrantes ojos —le explicó Pimpinela—. Los pájaros son nuestros mejores amigos, ¿sabes?

Al caer la noche, Simplón se juntó con las demás hadas. Era justamente la hora de la cena. Como todas sabían cocinar, preparaban entre todas los platos más variados. Simplón miraba con curiosidad mientras la boca se le hacía agua.

Había gratinado de mijo, tortas de higos, setas y salsa de néctar de flores con vino. ¡Qué rico estaba todo después de aquel día tan ajetreado!

Se había sentado al lado de una tranquila hortaliza y, como en la mesa no se habla de nada mejor que de comida, le empezó a contar los manjares que había preparado a sus hermanas.

La comida que sobró, así como los platos de hojas de nenúfar y los vasos de campanillas, fueron metidos en un saco de telaraña para devolverlo todo otra vez a la tierra de donde había salido. Poco a poco el día iba tocando a su fin. La ulmaria encendió una luciérnaga y empezó a fumar su pipa de estambres. Los dientes de león y las nomeolvides se reunieron en torno suyo y entonces comenzó a contar historias fantásticas. Mientras hablaba empezaron a llegar más y más niños que se fueron sentando muy callados y hasta los traviesos geranios se olvidaron de hacer ruido. Los pequeños se quedaron pronto dormidos, siendo tapados con mantas de lino. Después llegó la noche. La luna subió, lenta y solemne, sobre el mar bañando la isla con su luz de plata. El viento murmuraba en las ramas y las hadas de las flores tomaban el fresco por suaves caminos que llevaban a la colina o al mar. Los claveles de cuco empezaron a cantar hermosas canciones de tierras lejanas.

«También a mí me gustaría cantar», pensó Simplón.

Y apenas le había pasado ese pensamiento por la cabeza, cuando una de las del coro le hizo señas y le dijo:

—Ven con nosotras. Necesitamos una voz bonita.

—¿Y cómo sabéis que me gustaría? —preguntó Simplón.

—No es difícil adivinarlo —respondió un clavel—. Los deseos están escritos en los ojos. El que ama los puede leer.

Entonces empezaron otra vez a cantar y Simplón también lo hizo con brío, mientras el corazón se le llenaba de felicidad.

La luna ya había descendido y las estrellas se apagaban, cuando Simplón se quedó plácidamente dormido sobre un aterciopelado colchón de musgo. Se despertó entrada la mañana y ante él estaba la reina.

—Buenos días —dijo—. Levántate y ven conmigo. ¡Tenemos que hablar!

Y llevó a su protegido a la cima más alta de la isla, desde donde mejor se podían admirar las bellezas de su reino.

La reina empezó a hablar y su voz sonaba triste:

—Mi querido niño, los cien años ya han pasado.

—¿Cien años? —Simplón miró incrédulo a la hermosa hada—. ¡Pero si ha sido ayer cuando llegué a la isla!

—Has oído bien, mi niño. En el país de los hombres han pasado cien años desde que huiste de allí, pero aquí, en mi isla, cien años son como un día.

A Simplón no le cabía en la cabeza lo que decía el hada.

—¿Entonces tengo ahora cien años más?

—No —sonrió la reina—, ¡mírate!

Y le puso un espejo delante. Él miró con detenimiento. No, no

se había hecho viejo ni arrugado; era el mismo chico despierto de siempre; ni siquiera le había crecido el pelo.

—¿Tengo, entonces, que abandonar la isla, madrina? —preguntó lleno de miedo—. Por favor, no me eche de aquí. Sabéis muy bien que no podré vivir en otro sitio.

—Te voy a contar muchas cosas de ti y del país de los hombres. Después te pediré algo. Así que, escucha: sabes que existe un reino de los «espíritus buenos» y otro de los magos malvados. En los últimos siglos, los magos han adquirido la forma de abejorros. Uno de ellos ha conseguido llegar a rey en el país de los hombres. Bajo su mandato, éstos se han hecho malos y avariciosos. Un día fui volando por el país de los hombres, disfrazada de libélula. Me asusté mucho al oír de pronto ruidos en el interior de una casa. «Por Dios», decía un hombre a su mujer, que acababa de dar a luz un niño, «¡qué ser tan miserable has traído al mundo! Me va a costar mucho más que las ganancias que va a producir. Se le debería ahogar como a un gato».

Entonces me dio tanta pena del niño que entré volando por la ventana hasta su cuna. Le besé y toqué sus mejillas con mis alas. Luego, le regalé lo mejor que puedo dar: la bondad del corazón. ¡Y ese niño fuiste tú, Simplón!

El muchacho empezó a ver todo muy claro.

—¿Por eso se llama usted mi madrina, hada buena? —y añadió—: Ahora entiendo por qué mis padres eran tan distintos de mí.

—Ocurrió que el rey de los abejorros se dio cuenta de que yo había regalado a uno de sus súbditos una virtud que no le gustaba nada. Fue a ver en el acto a la Juez Suprema sobre «espíritus buenos» y «magos malvados». «El hada buena ha intervenido en cuestiones internas de mi reino», se quejó. «Ha hecho bondadoso a uno de mis súbditos y eso no lo puedo permitir».

»La Juez Suprema dictó la siguiente sentencia: No se puede quitar a un hombre el regalo de un hada, pero, cuando tenga doce años, se debe someter al muchacho a una prueba. Si la pasa, podrá seguir teniendo el regalo del hada buena. Podrá incluso salir del país de los abejorros y visitar a los "espíritus buenos" siempre que quiera.

»¿Te acuerdas, querido Simplón, del abejorro que dejaste escapar, aunque te había picado?»

¡Claro que se acordaba!

—Ahora comprendo por qué el rey de los abejorros me colmaba de regalos y me enseñaba a ser listo —dijo—. No quería que saliera de su país.

Después, Simplón quiso saber qué tal les iba a los hombres.

—Están en una situación delicada —respondió la reina—. El Mal ha crecido y ahora reinan el odio, la envidia y la discordia. Si nadie salva al país de los magos malvados, habrá guerra.

—¿Y quién podrá salvar el país de los hombres? —preguntó.

—Sólo hay un hombre en el mundo que posee el arte de traer el amor y ahuyentar el mal, y ese hombre eres tú, Simplón.

—Yo soy tonto, siempre me lo han dicho. Y en los últimos cien años no me he hecho ni una pizca más inteligente.

—Claro que sí, has aprendido sin parar. Sin notarlo, has estudiado la doctrina del amor al prójimo y la has comprendido totalmente. Seguramente que ahora entenderás por qué he pronunciado un discurso tan largo. Te pido que regreses al país de los hombres para enseñarles el amor. Pero también te puedes quedar con nosotras y disfrutar de la vida.

Simplón guardó silencio y las lágrimas le caían por las mejillas.

—¿Volveré a ver a mis padres? —dijo finalmente.

—Me temía esa pregunta, buen niño —respondió el hada—. No, tus padres ya no viven y tampoco tus hermanos. No conoces a nadie. La vida de los hombres no dura más de cien años.

Simplón estuvo reflexionando durante mucho tiempo. Al cabo, exclamó:

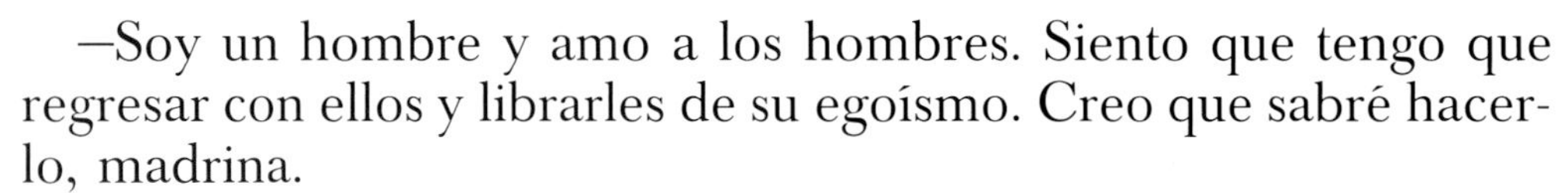

—Soy un hombre y amo a los hombres. Siento que tengo que regresar con ellos y librarles de su egoísmo. Creo que sabré hacerlo, madrina.

La reina abrazó a Simplón, pero no pudo sonreír.

—Vete, niño mío, no puedo detenerte, pues en el libro de las hadas está escrito que jamás se debe impedir a un hombre hacer el bien.

Y le aconsejó que llevara un ramo de flores, pues le iba a dar buen resultado en el país de los hombres, aunque sobre el rey de los abejorros las flores no ejercían ningún poder.

Simplón empezó a formar un ramo con flores y con hierbas:

Eufrasia, árnica,
acanto, valeriana,
alquimila, té,
ranúnculo, manzanilla,
diente de león, hierba piojera,
acedera, tembladera...

Al fin consiguió el ramo más hermoso que se pudiera pintar.

La reina esperaba a Simplón abajo, en la orilla. En la mano tenía una rosa. Con mucho cuidado, arrancó una hoja y la dejó caer sobre el agua.

—Éste es tu barco, niño mío —dijo—. Que tengas buen viaje y, cuando veas una libélula azul, debes saber que estaré a tu lado.

Y el hada abrazó a Simplón, el cual se subió a la hoja de la rosa. A continuación empezó a soplar una ligera brisa que le llevó a toda velocidad hacia su patria.

Al llegar el barco con el joven a bordo, había una gran muchedumbre en el muelle. Los marineros no daban crédito a lo que veían, y miraban y remiraban por los prismáticos.

—¡Su equipaje es un ramo de flores! —gritó uno; y otro dijo:

—¿Desde cuándo pueden navegar las hojas de las rosas?

Al llegar Simplón a tierra, todos querían comprarle el barco, ofreciéndole dinero por él, pujando unos contra otros. El primero le ofreció su bolsa, repleta de monedas; pero otro gritó:

—¡Te ofrezco el doble!

Y un tercero quiso darle su casa.

Simplón estaba muy sorprendido. Por fin les dijo:

—Si tanto os gusta, podéis quedaros con él; ya no lo necesito.

En esto, los hombres empezaron a discutir unos con otros hasta llegar a las manos, pues todos querían apoderarse de la maravillosa hoja de rosa. Algunos de ellos terminaron cayendo al agua y casi se ahogaron.

Pero tan pronto como aquellos gallos de pelea tocaron el barco, les ocurrió una extraña transformación: se tranquilizaron, se relajaron y empezaron a pensar todos juntos lo que podían hacer con el regalo del muchacho. Tuvieron la idea de que cada uno podría ser dueño del barco de la hoja de rosa durante un día, para poder salir a la mar con su familia y amigos. Luego, pasaría al siguiente. La suerte decidiría a quién tocaba ser el primer capitán del barco.

Después pensaron que podrían alquilarlo para dar paseos por el puerto y emplear lo que ganaran para atender a marineros pobres. En seguida fundaron una «Sociedad de propietarios del barco de la hoja de rosa». El pacto fue sellado con un apretón de manos y aquellos hombres se asombraron de haber llegado a un acuerdo y de lo felices que se sentían.

Simplón miró asombrado a su alrededor. Había allí grandes barcos de vela y otros, mucho más pequeños, que pasaban entre ellos con gran habilidad. Un barco con un león en la popa se disponía a hacerse a la mar. Las banderas ondeaban en lo alto del palo mayor y las velas empezaban a hincharse.

—¡Qué barcos tan hermosos tenéis! —exclamó Simplón.

—¡Pamplinas! —dijo uno que estaba cerca—. ¡Dan dinero y eso es lo que cuenta!

Cada vez llegaba más gente al muelle para ver el barco maravilloso y a su joven propietario, al que miraban como algo prodigioso. Este chico, que había llegado por mar a bordo de una hoja de rosa, vestía una túnica de hacía lo menos cien años. En lugar de sombrero con ala, llevaba una sencilla cinta en la frente y parecía que su único equipaje era un ramo de flores, especialmente aromáticas.

—¡Qué barbaridad! —exclamaban—. Deberían meterle en una jaula, y exponerle para sacar dinero. ¡Qué bicho más raro!

Alrededor de Simplón, se fue formando un gentío que parecía como si le fuera a aplastar. Entonces llegaron los que tenían ahora el barco de hoja de rosa y gritaron:

—¡Haced sitio! ¡Paso libre a nuestro huésped!

—¡Dejadme a mí, buena gente! —dijo Simplón poniendo el ramo de flores delante de los que le empujaban. Éstos aspiraron profundamente el aroma de las flores y se retiraron amablemente a un lado. Simplón pasó por entre la multitud sin ser molestado. Los nuevos amigos le invitaron a comer, a lo que él aceptó encantado.

Después de la comida, aquellos hombres querían saberlo todo sobre él: de dónde era, cuántos años tenía y cuál era el misterio de aquella hoja de rosa.

Les habló de la lejana isla donde se aprende a amar a los hombres y a la naturaleza y de lo feliz que había sido allí. Pero no reveló el secreto de su origen. Nadie habría creído que tenía más de cien años y que, no obstante, parecía tener sólo quince.

Su relato despertó en los más viejos un recuerdo: las abuelas siempre hablaron de un chico que había vivido en la corte del rey. Sí, se había llamado el buen Simplón. Decían también que había sido perseguido por un abejorro y que el pobre muchacho, por no matarlo, saltó a un arroyo y por desgracia se ahogó.

Como no había querido decir su nombre, le llamaron simplemente Simplón, como habían dicho las abuelas.

Al poco tiempo la noticia de la llegada de Simplón, el niño prodigio, se extendió por todo el país. Muchos de los que no le habían visto se burlaban de lo que contaban sobre él.

—¡Ese pequeño está loco, deberían meterle en un reformatorio! —decían algunos.

Otros decían que no estaba bien de la cabeza. Pero quienes le habían visto y aspirado el aroma de su ramo de flores, que nunca se marchitaban, pensaban de modo diferente y notaban que estaba cambiando su vida: se contentaban con lo que tenían, los hombres trataban mejor a sus mujeres y todos empezaban a preocuparse otra vez de sus familias. Las mujeres no tuvieron inconveniente en acudir a las fiestas del palacio con los mismos vestidos que otras veces. Tenían más paciencia con sus hijos y éstos, de repente, fueron capaces de jugar tranquilamente unos con otros, en vez de estar siempre discutiendo, como ocurría antes.

El buen Simplón viajó de ciudad en ciudad. Su ramo y él eran recibidos oficialmente. Las damas de la buena sociedad le invitaban a su casa.

—Este muchacho se mueve en sociedad con tanto aplomo como en una pradera —decían.

Con naturalidad, exponía ante los más eruditos su doctrina sobre el amor. Éstos levantaban la nariz de sus libros y escuchaban al niño, olvidando su arrogancia y charlando con las personas que hasta entonces habían considerado tontas.

Simplón fue a las cárceles para hablar con ladrones y asesinos. Éstos se arrepentían de sus fechorías y prometían empezar una nueva vida tan pronto como fueran puestos en libertad.

En el palacio seguía el rey de los abejorros cavilando cómo podía ser más poderoso todavía. Mandó espías por todo el país para que comprobaran si alguien hablaba contra él. Un día los espías le informaron de que un muchacho extranjero recorría el país intentando convencer a la gente de que la riqueza y el poder no eran la única felicidad de este mundo.

—¿Cómo se llama ese chico? —preguntó el rey.

—Le llaman Simplón —fue la respuesta.

El rey se asustó. Él era hijo del antiguo señor Abejorro, el cual le había advertido que tuviera mucho cuidado si el buen Simplón volvía del reino de los «espíritus buenos».

Entonces el rey maquinó una trampa y mandó un mensajero para que invitara a Simplón a que fuera al palacio.

A pesar de que todos sus amigos se lo advirtieron, Simplón aceptó la invitación.

Fue conducido a palacio en un carruaje tirado por cuatro caballos. El rey le recibió como si se tratara de un embajador extranjero. Simplón se asombró mucho del parecido que había entre el rey y lo que recordaba de su padre. Sólo su cara era un poco más joven y la túnica, más regia, con el cuello bordado con los más finos encajes de Bruselas. Las mangas eran de hilos de oro y el abrigo estaba guarnecido con piel de armiño. Sobre la cabeza llevaba una corona.

El rey hizo salir a todos sus criados y cortesanos y, cuando se quedó solo con Simplón en su gabinete, dijo con malicia:

—Chico bueno, me han contado que tienes un ramo de flores capaz de ahuyentar el mal. Desde hace años padezco insoportables dolores de cabeza. ¿Crees tú que el olor de tus flores mágicas podría ayudarme?

Simplón quedó muy impresionado por el sufrimiento del rey y se olvidó de que el hada le había dicho que las flores no producen ningún efecto en la familia de los abejorros. En consecuencia, sacó el ramo de su bolsa y se lo entregó al rey.

—Huela, vuestra majestad. Le hará mucho bien...

Rápidamente el rey le arrancó el ramo de la mano, deshojó las flores y las tiró al suelo, y las pateó después.

Simplón intentó salvar algunas, apartándolas de las pesadas botas del enfurecido soberano, pero no le sirvió de nada. Las flores estaban muertas.

—Querido amigo —dijo el rey—, ya no enloquecerás a mi pueblo con tus descabelladas ideas. En adelante, puedes explicar tu sabiduría a los sapos y cantar tus canciones a las ratas.

A continuación, ordenó a su guardia que encerraran al muchacho en el calabozo más profundo del palacio.

Simplón quedó tirado en una estrecha mazmorra, de cuyas paredes goteaba la humedad y donde no había ni tan siquiera un montón de paja donde descansar. En medio de esta angustia de muerte, empezó a cantar como lo había hecho cuando era niño. Entonces ocurrió algo extraño:

De los huecos del muro empezaron a salir animales, como sapos y salamandras, y se sentaron delante de él. Una rata tomó asiento y también varios murciélagos que volaban sobre un saliente del muro. Del techo, empezaron a descender grandes arañas.

Simplón cantaba y los habitantes de las cuevas escuchaban. Cuando se cansó de cantar, les contó su pena. Entonces los animales empezaron a hablar en su propia lengua. ¡Qué pitidos, graznidos, silbidos, cuchicheos y murmullos! Simplón escuchaba todo con atención. De pronto, comprendió lo que pasaba. Los animales, compadecidos, le dijeron:

—No estés triste, Simplón. ¡El hada te ayudará!

Pronto se dio cuenta todo el país de que Simplón había desaparecido. Quienes no le podían ver se alegraron; y los que le querían estaban tristes, pues eran ridiculizados y perseguidos.

—¿Así que os ha abandonado vuestro niño de las flores? —preguntaban los malvados.

Pero la situación empeoró aún más. El rey tenía mucho miedo

de todo lo bueno y por eso metió también en la cárcel a todos los que se decían amigos de Simplón.

Los guardianes dijeron a Simplón:

—Tú eres el culpable del sufrimiento de tus amigos. ¿Por qué les has enseñado a ser buenos?

Al muchacho le faltó poco para desanimarse. ¿Le habría olvidado la reina de las hadas? Pero una noche penetró en el calabozo un pálido rayo de luna que le sacó de su intranquilo sueño. El muchacho abrió los ojos y allí estaba la libélula azul.

—Buen Simplón, he llegado para darte ánimos. Mañana lucharé con el ejército de los pájaros contra el rey de los abejorros y le venceré. La Juez Suprema lo permite. Tú harás siempre lo que yo te diga. ¡Te salvaré de todos los peligros, pues te tengo reservado algo especialmente grande!

Y dicho esto desapareció.

Cuando apuntó el día, empezaron a repicar las campanas de la ciudad y las calles se llenaron de gritos y de lamentos.

Los vigías reales habían descubierto la escuadra de pájaros enemigos y habían tocado a rebato. El rey reunió su ejército de gigantescos abejorros a toda prisa, y además vinieron en su ayuda abejas, avispas y avispones. Mas, pronto tuvo que reconocer que no podía hacer nada contra los pájaros. Entonces tuvo una idea diabólica: mandó levantar una hoguera en la plaza mayor, justo delante de la catedral; fue en persona a la mazmorra de la que sacó a Simplón y le colocó a continuación sobre el gran montón de leña.

¡Si los pájaros atacan, quemaremos a Simplón!

La oscura nube de pájaros retrocedió. El rey de los abejorros quería ya celebrar su victoria. Pero entonces el pobre Simplón vio otra vez a la libélula y sintió una gran tranquilidad y una confianza total. Se libró de las ataduras y arrancó al verdugo la antorcha ardiente que tenía en la mano y gritó:

—¡Espíritus buenos, hadas buenas, ayudadme! —y encendió la hoguera.

Las llamas empezaron a subir y un humo espeso ocultó la cara del muchaco. Pero el fuego no le quemó y ni siquiera se incendiaron sus vestidos.

«¿Qué clase de fuego es éste que no me quema?», se preguntó, sintiéndose como si flotara en el aire.

Era imposible detener a los pájaros que, con grandes aletazos, se lanzaron sobre los soldados del rey de los abejorros.

Los insectos se hicieron tan grandes como hombres y lucharon con una furia terrible contra los pájaros, que eran ahora tan grandes como elefantes.

Los venenosos dardos de los avispones se clavaban con furia en el suave costado de las golondrinas y palomas. Pero los pájaros, a su vez, tragaban incansables miles de avispas.

Las aves heridas se juntaban sobre un árbol para que la reina de las hadas las curara con su sonrisa mágica.

Por fin, después de una hora, una urraca valiente consiguió matar al mayor de los abejorros.

—¡El rey está muerto! —gritaron espantados los abejorros.

Y acabó el combate. El ejército de los pájaros había vencido.

Entonces descendió la reina de los «espíritus buenos» en forma de una hermosísima mujer. Se apagaron las llamas de la hoguera y, como si hubiera caído una cortina protectora, los hombres vieron al buen Simplón allá arriba, sano y salvo.

La reina se dirigió al pueblo:

—¡Hombres, escuchadme! El buen Simplón será vuestro rey. Yo, la reina de los «espíritus buenos», le escogí para este pueblo. ¡Os servirá con amor y bondad!

Al escuchar lo que decía la reina, los hombres empezaron a abrazarse y a celebrar una gran fiesta.

Y os aseguro, a quien os lo ha contado le hubiera gustado estar allí.